La disparition de Rose

À ma fille.

Veuillez noter que tous les noms de personnages dans ce livre sont fictifs. Toute ressemblance avec des personnes réelles, vivantes ou décédées, est purement fortuite. Ce récit est une œuvre de fiction.

© 2024 Kevin Marmion
Édition : BoD – Books on Demand, info@bod.fr
Impression : BoD – Books on Demand, In de Tarpen 42, Norderstedt (Allemagne)
Impression à la demande
ISBN : 978-2-3225-3917-8
Dépôt légal : Août 2024
Tous droits réservés.

Prologue

Alors que le soleil se couchait, drapant la ville dans une lumière dorée, John se tenait à la fenêtre de son appartement. Là, dans ce havre de paix qu'il avait créé loin du chaos des champs de bataille, il réfléchissait. Son regard parcourait la ville s'étendant devant lui, une mosaïque de toits et de rues qui semblaient presque paisibles à cette heure magique.

John, un homme sculpté par les rigueurs de la guerre, avait vécu une vie marquée par les conflits. L'Afghanistan, le Mali, la Syrie – ces noms étaient gravés dans son esprit, chacun évoquant une mosaïque de souvenirs, d'adrénaline et de pertes. Les médailles et les cicatrices sur son uniforme, soigneusement rangé dans une armoire, étaient des témoins silencieux de son courage et des sacrifices qu'il avait consentis.

Dans cet appartement tranquille, entouré de livres et de souvenirs plus doux, John luttait contre les fantômes de son passé. Les nuits étaient souvent agitées, peuplées de rêves sombres et de visages qui le hantaient - camarades et ennemis, tous mêlés dans un ballet macabre.

Mais il y avait Hélène, sa femme, son roc. Elle était la douceur qui avait adouci ses angles les plus tranchants, le phare qui l'avait guidé à travers les tempêtes de son âme. Leur amour était né dans le tumulte, un lien forgé dans la compréhension et l'acceptation. Hélène avait vu derrière le soldat, découvrant l'homme brisé mais résolu, et elle lui avait offert un amour inébranlable.

Et puis il y avait Rose, leur fille bien-aimée, un trésor inattendu dans leur vie. Rose, du nom de la mère de John, était une étincelle d'espoir, une promesse de jours meilleurs. Ses cheveux blonds, héritage de sa grand-mère, flottaient autour de son visage angélique alors qu'elle jouait, insouciante, dans le salon. John se perdait souvent dans son rire cristallin, un son qui semblait chasser les ombres de son cœur.

Avec Rose, il trouvait la force de se redéfinir, de laisser derrière lui l'image du guerrier pour devenir un père, un protecteur, un exemple. Chaque jour passé avec elle était un cadeau, une occasion de construire des souvenirs heureux pour remplacer les sombres réminiscences de son passé.

Le crépuscule enveloppait maintenant la ville, les derniers rayons du soleil s'évanouissant à l'horizon. Pour John, chaque fin de journée était un rappel que la vie était faite de fins et de nouveaux départs. Dans le silence de l'appartement, tandis que Hélène préparait le dîner et que Rose dessinait à ses côtés, John se sentait enfin chez lui. Il savait que malgré les ténèbres de son passé, il avait trouvé la lumière dans l'amour de sa famille, et c'était cette lumière qui le guiderait vers l'avenir.

1

La famille

Rose, avec ses boucles dorées et ses beaux yeux verts, adorait son père. Chaque soir, elle se lovait contre lui dans leur fauteuil préféré, l'odeur familière du vieux cuir imprégnant leurs moments précieux. John, avec son visage buriné par les années de service, devenait un conteur magique dès qu'il ouvrait la bouche.

Il lui racontait des histoires d'aventures lointaines, de terres mystérieuses et de créatures fantastiques. Rose s'imaginait facilement en héroïne, explorant des contrées lointaines où la magie était réelle. Pour elle, John n'était pas seulement un soldat, mais un héros tout droit sorti d'un conte de fées.

Cependant, chaque départ de John pour une nouvelle mission était un déchirement pour la petite famille.

Les adieux étaient empreints d'une douce tristesse. Rose, même à son jeune âge, ressentait l'angoisse de la séparation. Elle serrait son père un peu plus fort, craignant au fond d'elle que cette fois-ci, il ne revienne pas. Hélène, le cœur lourd, gardait une façade courageuse pour sa fille, bien que ses yeux trahissent son inquiétude à chaque adieu.

Un jour, après une mission périlleuse, John prit la décision de laisser derrière lui cette vie de combat pour se consacrer entièrement à sa famille. Le bonheur simple et pur de voir Rose grandir, de partager des moments précieux avec Hélène, l'emportait sur tout. C'était une décision mûrement réfléchie, une transition vers une vie nouvelle emplie de promesses.

Lorsqu'il franchit le seuil de sa maison, laissant derrière lui son passé tumultueux, il fut accueilli par les bras ouverts de sa famille. C'était un nouveau chapitre rempli d'espoir, d'amour et de promesses pour l'avenir. Les repas en famille, les sorties au parc, et les soirées paisibles devinrent les pierres angulaires de leur nouvelle vie.

John se surprenait parfois à la surveiller de loin lorsqu'elle jouait avec ses amis au parc ou à refuser certaines sorties scolaires qu'il jugeait trop risquées. Sa petite rose grandissait vite, mais il voulait la protéger de tout ce qui pourrait lui causer du mal. Il se sentait responsable de sa sécurité, tout en comprenant que sa petite fille avait ses propres rêves et aspirations.

La petite rose, en grandissant, ressentait cette protection parfois étouffante de son père. Elle comprenait son inquiétude, car elle connaissait les douloureux évènements qui avait marqué la vie de son père. Mais elle aspirait aussi à explorer le monde, à faire ses propres aventures. Elle rêvait de voyager, de rencontrer de nouvelles personnes et de découvrir de nouvelles cultures.

A l'école, elle se distinguait par sa vivacité d'esprit et sa soif d'apprendre. Ses professeurs la décrivaient souvent comme une élève brillante, dotée d'une grande sensibilité. Mais ils remarquaient aussi son manque d'indépendance, sa réticence à s'éloigner de son père protecteur.

Lorsqu'elle est rentrée à l'adolescence, les tensions entre John et Rose ont commencé à s'intensifier. Rose voulait sortir plus tard, rencontrer des garçons, aller à des soirées. John, de son côté, avait du mal à accepter que sa petite fille grandît et qu'elle voulait vivre sa propre vie. Les disputes étaient devenues fréquentes, les désaccords plus marqués.

Un soir, après l'une de leurs disputes, Rose s'était retirée dans sa chambre, les larmes aux yeux.

Dans le silence de la nuit, elle réalisa que malgré leurs désaccords, le lien profond qui unissait père et fille ne se romprait jamais. Ils s'aimaient profondément et voulaient tous les deux le meilleur l'un pour l'autre.

Tout semblait aller parfaitement bien, jusqu'à ce jour fatidique. Alors qu'Hélène rentrait d'une séance de sport, elle a été victime d'un accident de la route fatal. La nouvelle a été un coup de tonnerre pour John, qui s'était préparé à accueillir sa fille avec Hélène à ses côtés.

Chaque jour précédant l'accident était empreint de joie et d'anticipation. John et Hélène partageaient des rires, discutaient de l'avenir, imaginaient les traits et le caractère de leur fille. Ils avaient déjà tant de projets pour elle et des rêves de voyages. Il se remémorait le sourire radieux d'Hélène et la manière dont elle illuminait chaque journée de sa présence.

Mais la vie, avec sa cruauté inattendue, a décidé de prendre un autre tournant.

Le jour fatidique restera gravé à jamais dans la mémoire de John et Rose.
Un coup de téléphone, une voix tremblante à l'autre bout, et le monde de John s'est écroulé. Hélène ne rentrerait jamais à la maison.

Le vide laissé par Hélène était abyssal. La maison semblait plus silencieuse, chaque recoin lui rappelait un souvenir d'elle. Les nuits étaient les plus difficiles : l'absence de sa chaleur à ses côtés, le silence assourdissant de la pièce, le lit devenu bien trop grand pour lui seul. John se réveillait parfois en sursaut, espérant que ce n'était qu'un cauchemar, pour réaliser brutalement la dure réalité.

Rose, déjà confrontée aux difficultés de l'adolescence, se retrouvait soudainement face à l'une des épreuves les plus douloureuses de la vie : la perte d'un parent. Les jours qui ont suivi ont été flous, remplis de larmes qui semblaient ne jamais finir. Chaque coin de la maison rappelait la présence chaleureuse de Hélène, chaque objet était imprégné de souvenirs.

John, tout en affrontant son propre chagrin, devait également soutenir sa fille. Ils se sont accrochés l'un à l'autre, trouvant du réconfort dans leur amour mutuel et dans les souvenirs qu'ils avaient partagés avec Hélène.

Chaque photo, chaque souvenir évoquait une histoire, un moment de bonheur.
Ils se souvenaient des rires partagés, des projets d'avenir, de tout ce qu'ils avaient vécu en tant que famille.

Rose, avec son courage et sa résilience, a puisé sa force dans l'amour que sa mère lui avait toujours montré. Elle a décidé d'honorer la mémoire d'Hélène en poursuivant ses rêves et en vivant chaque jour pleinement, comme sa mère l'aurait souhaité. Leurs conversations nocturnes, remplies de confidences et de larmes, étaient l'expression de leur deuil partagé.

La vie sans Hélène n'était pas facile, mais John et Rose ont appris à naviguer dans cette nouvelle réalité, trouvant du soutien l'un envers l'autre, renforçant leur lien déjà inébranlable et se rappelant chaque jour de chérir les moments, car la vie est imprévisible et précieuse.

Au fil des mois, John avait instauré des routines pour rendre chaque moment avec Rose quelque chose de spécial. Ces vendredis après-midi étaient devenus sacrés. Après une dure semaine de travail, il attendait avec impatience le moment de venir chercher Rose à la sortie de l'école. Les roses rouges, achetées religieusement chaque semaine, étaient devenues le symbole silencieux de leur lien indéfectible, un petit rituel qui les rapprochait encore plus après la disparition d'Hélène.

Aujourd'hui ne faisait pas exception. Les rues étaient animées, les enfants sortaient en masses, certains vers leurs parents, d'autres s'attardant pour discuter encore un peu. Au milieu de cette effervescence, John se tenait là, un pilier de force et de constance, son regard cherchant toujours la silhouette familière de sa fille.

Lorsqu'il apercevait Rose à travers la foule, son cœur se remplissait d'une joie indescriptible. C'était un moment de pur bonheur, de fierté et d'amour, un instant où le monde extérieur s'estompait pour laisser place à leur précieuse connexion.

C'était ce moment précis, cette parenthèse enchantée, qui allait être brisée de la manière la plus brutale et la plus inattendue. Le destin, ce joueur cruel, s'apprêtait à leur jouer un tour des plus cruels, remettant en question tout ce qu'ils tenaient pour acquis.

L'atmosphère de cette fin d'après-midi était emplie d'une douceur automnale. Les arbres bordant l'école commençaient à revêtir leurs parures d'or et de pourpre, et les élèves jaillissaient du bâtiment dans une explosion joyeuse de rires et de bavardages. John, avec sa nature solide, semblait presque hors de propos devant l'école, mais le bouquet de roses rouges, éclatantes de fraicheur, qu'il tenait délicatement dans ses mains trahissait sa raison d'être là.

Il attendait ce moment chaque jour, le sourire éclatant de Rose, son adolescence insouciante.

Lorsqu'elle est sortie, son visage s'est illuminé, ses yeux verts brillant d'un éclat spécial lorsqu'elle a repéré son père. La joie qu'elle dégageait, son rire éclatant et ses échanges animés avec ses amis, c'était la boussole de John, son rappel quotidien de la beauté de la vie après la perte tragique d'Hélène.

Mais alors qu'ils échangeaient des anecdotes sur leur journée lors de la courte marche jusqu'à la voiture, une ombre s'est insidieusement glissée dans leur moment paisible. La camionnette blanche, qui paraissait d'abord anodine, est devenue la source d'un cauchemar inimaginable.

La rapidité avec laquelle tout s'est déroulé a été déconcertante. L'explosion du verre, l'éclat métallique de l'arme, les cris étouffés et les mouvements désespérés. John a tenté de protéger sa fille, mais la force brutale des kidnappeurs, couplée à la menace de l'arme, l'a immobilisé.

Le cœur de Rose, autrefois si léger, s'est alourdi brutalement. La terreur dans ses yeux verts a été le reflet de l'horreur qui se déroulait. Elle a crié, mais le son est sorti étouffé par la peur et la confusion. Les rires des enfants de l'école se sont transformés en un silence pesant, comme si le monde entier avait retenu son souffle.

La camionnette a démarré en trombe, emportant avec elle la lumière de la vie de John. La rue, autrefois animée et joyeuse, est devenue soudainement froide et menaçante. Les roses, maintenant éparpillées sur le sol, symbolisaient le cœur brisé de John.

Des images de Rose, petite, riant aux éclats, courant vers lui dans un parc, se superposaient à ce moment horrible. La douleur brutale et percutante a envahi chaque fibre de son être. Les sons autour de lui étaient lointains, les voix inaudibles, tout était flou excepté le souvenir du visage terrifié de sa fille.

Des bras l'ont soutenu, des voix ont tenté de le rassurer, mais tout ce qu'il pouvait entendre, c'était l'écho de la voix de Rose, son rire, ses chansons, et maintenant, son cri de peur. Tout en lui hurlait, cherchant désespérément un moyen de la ramener à ses côtés.

Sa douleur était palpable, et chacun autour de lui pouvait sentir l'ampleur déchirante de sa perte.

Les minutes semblaient des heures, le temps s'est étiré dans un tourbillon de chagrin insoutenable. John était pris au piège dans un cauchemar éveillé, où la réalité la plus cruelle avait éclipsé tout ce qu'il avait chéri dans la vie.

2

La poursuite

John cligna des yeux, tentant de repousser le voile de douleur qui floutait sa vision. Sa tempe pulsait, chaque battement résonnant comme un marteau dans son crâne. Ses mains tremblaient sur le volant, mais son esprit, malgré le choc, était vif. Les images de l'enlèvement tourbillonnaient dans sa tête, chacune d'entre elles une lame tranchante dans son cœur : le froid de l'arme contre sa peau, l'odeur métallique du sang, le son déchirant des cris de Rose.

Il se força à respirer profondément pour reprendre ses esprits. Les visages choqués des passants l'entouraient, certains exprimant de la compassion, d'autres arborant l'indifférence cruelle de ceux qui cherchaient à capturer un drame pour alimenter le monde des réseaux sociaux. Les cris lointains des sirènes d'urgence l'avertissaient que le temps jouait contre lui.

L'instinct de père l'emporta sur toute autre pensée. Sans perdre un instant, il démarra en trombe, se lançant à la poursuite de la camionnette blanche. Chaque seconde comptait, et il était prêt à tout pour retrouver sa fille bien-aimée. Sa voiture rugissait, les pneus crissaient à chaque virage serré, mais tout ce qui importait à John, c'était de rattraper cette silhouette blanche qui disparaissait à l'horizon. Le visage de Rose, sa voix appelant au secours, étaient les seules choses qui le maintenaient en éveil.

Quand il réussit à se rapprocher, la tension était palpable. Chaque regard échangé avec les kidnappeurs était une déclaration de guerre silencieuse. Leur haine était manifeste, mais John ne reculerait pas. Le crépitement des tirs éclata, transformant la rue tranquille en une zone de guerre.

Malgré le danger, John, avec ses réflexes d'ancien militaire, réussit à esquiver de nombreux tirs tout en donnant des coups de volant pour éviter les obstacles.

Ses yeux cherchaient désespérément Rose à l'intérieur de la camionnette, espérant une indication de son état. Mais un mouvement brusque du véhicule l'éloigna, et malgré sa détermination, la camionnette disparut de sa vue. Le désespoir menaçait de l'envahir, mais John savait qu'il ne pouvait pas abandonner. La quête désespérée de sa fille continuait dans l'obscurité implacable de la nuit.

La rage de John était palpable, chaque respiration témoignant de sa frustration grandissante. Alors qu'il parcourait les rues, l'espoir s'amenuisait à chaque carrefour vide. Cependant, il n'était pas homme à abandonner. Il savait qu'il devait continuer à chercher, coûte que coûte, pour retrouver sa précieuse Rose. La nuit tomba lentement, mais la lumière de son amour pour elle l'éclairait, le guidant à travers l'obscurité implacable.

John, avec son passé militaire, avait toujours été méthodique dans ses actions. Ses années passées dans des situations tendues lui avaient enseigné à rester calme même dans les situations les plus éprouvantes. Et celle-ci était, sans conteste, la plus éprouvante de toutes.

Alors qu'il conduisait, une idée lui vint à l'esprit. Il se souvint que la ville était truffée de caméras de surveillance. Ces caméras pouvaient avoir capté des images de la camionnette ou même des kidnappeurs. Bien qu'il n'ait pas entièrement confiance en la police, il savait que c'était la meilleure façon d'obtenir rapidement ces images pour aider à localiser Rose. La détermination de John à retrouver sa fille était plus forte que jamais, et il se dirigea vers le poste de police le plus proche pour obtenir de l'aide.

Il se précipita au commissariat le plus proche, déterminé à obtenir des réponses. Grâce à son passé militaire et à quelques contacts encore présents au sein des forces de l'ordre, il obtint l'accès à la salle de contrôle des caméras de surveillance. Les heures s'écoulèrent alors qu'il scrutait attentivement les écrans, espérant repérer la camionnette blanche.

Finalement, son regard perçant la repéra quittant le quartier et se dirigeant vers la périphérie de la ville.

Cependant, ce qui attira principalement son attention était le logo distinctif sur le côté du véhicule. C'était une entreprise de location. John prit rapidement des photos claires de la plaque d'immatriculation et du logo à l'aide de son téléphone.

De retour chez lui, il se dirigea vers son bureau, un sanctuaire personnel où il trouvait du réconfort dans les moments de détresse. Les photos étaient encore fraîches, le parfum chimique du développement les imprégnant.

Chaque détail, chaque trace, chaque indice était soigneusement examiné. Les différentes angles des photos semblaient avoir été capturés par une caméra de surveillance d'une boutique à proximité, fournissant ainsi des informations cruciales pour retrouver Rose.

Les mains tremblantes, John zooma sur le logo, une image familière qui lui rappelait les innombrables fois où il avait dû louer des véhicules pour des missions. Il savait exactement où il se dirigeait. La grande horloge murale tictaquait, amplifiant son sentiment d'urgence. Chaque seconde qui passait était une seconde de plus où Rose était en danger.

John arriva à l'agence, les néons clignotants éclairant faiblement le comptoir. Son air grave intimida rapidement le responsable, qui lui révéla l'identité de l'homme ayant loué le véhicule. Il mentionna une adresse et fit une brève description.

Les bâtiments de la zone industrielle étaient silencieux, seuls les cris des mouettes et le grondement lointain de la ville se faisaient entendre. Les ombres dansaient autour de lui, le faisant sursauter à chaque mouvement. La camionnette était discrètement garée à côté d'un vieil entrepôt aux fenêtres brisées. John se faufila à l'arrière, veillant à ne pas être repéré. Une lueur émanait de l'intérieur de l'entrepôt, probablement des lampes de poche, suggérant la présence de plusieurs personnes. Il se positionna derrière un conteneur, écoutant attentivement, essayant de distinguer des voix ou d'autres sons qui pourraient lui donner un indice sur la situation à l'intérieur. C'était un jeu dangereux, mais John était prêt à tout pour retrouver sa fille.

La conversation lugubre s'épanouissait dans l'obscurité. Une voix rauque exprima ses regrets :

« Nous n'aurions jamais dû prendre cette gamine. »

Un autre, visiblement plus jeune et anxieux, défendit leur action en hésitant :

« C'était le seul moyen de le faire réagir. Tu sais à quel point il est important pour le chef. »

Un troisième, au ton froid et calculateur, ajouta d'un ton implacable :

« Peu importe, une fois que nous aurons obtenu ce que nous voulons de lui, elle ne sera plus d'aucune utilité. »

John serra les poings, sa colère à peine contenue. Il commença à reconstituer mentalement le puzzle de la situation. Rose n'était pas une victime choisie au hasard. Elle avait été enlevée pour le toucher lui, pour une raison qui lui échappait encore. La mention du "chef" piqua la curiosité de John.

Qui pouvait bien être aux commandes de cette opération ? Et surtout, quelles étaient leurs véritables intentions ?

Malgré le danger imminent, ces informations étaient cruciales. Elles lui donnaient un avantage en lui permettant de mieux comprendre la mentalité et les intentions des kidnappeurs. Il savait désormais qu'il devait agir rapidement, non seulement pour sauver Rose, mais aussi pour percer le mystère caché derrière cet enlèvement.

John prit la décision de passer à l'action. Tapissé dans l'obscurité, il avança furtivement, s'appuyant contre un vieux compresseur rouillé. Le bruit métallique d'un objet qui tomba lui fit réaliser qu'ils étaient quatre, postés à proximité, surveillant les allées et venues.

Dans les débris à portée de main, John dénicha un bout de tissu qu'il enroula autour de son poing. Puis, profitant de l'effet de surprise, il bondit vers l'un d'eux, le plaqua au sol et étouffa son cri en utilisant le tissu comme garrot. Une lutte acharnée s'ensuivit, les poings volant dans tous les sens.

John, galvanisé par l'amour et l'inquiétude pour sa fille, parvint à immobiliser le premier homme en utilisant une technique de clé de bras bien maîtrisée.

D'un coup d'œil, il remarqua un objet brillant suspendu au cou de l'homme : un médaillon. C'était le même médaillon que Rose portait toujours, un cadeau de sa mère décédée. Un frisson parcourut l'échine de John.

John décida d'avancer prudemment, se glissant de l'ombre à la lumière. Il repéra le deuxième kidnappeur et, profitant de l'obscurité, le neutralisa d'un coup précis derrière la tête. Il se cacha derrière une pile de caisses en attendant le troisième homme, guidé par le son de ses pas. Ce dernier ne réalisa la présence de John que lorsqu'il était déjà trop tard. En un instant, il était à terre.

Le quatrième homme, plus grand et plus robuste, semblait différent des trois autres. Ses yeux étaient si froids, si calculateurs. John sentit que celui-ci serait un adversaire de taille. Il avança vers John.

Le combat commença par une série d'échanges rapides, chaque adversaire cherchant à sonder les faiblesses de l'autre. Les coups de poing pleuvaient, accompagnés des bruits sourds des impacts. John esquiva habilement une attaque au couteau, utilisant son avant-bras pour parer, sentant la lame froide glisser le long de sa peau, créant une entaille superficielle.

Profitant de l'élan, John repoussa son adversaire contre une pile de caisses en bois.

Le sol était jonché de débris, rendant chaque mouvement dangereux et incertain. Mais le quatrième homme se releva rapidement, lançant un coup de pied vers la tête de John. Ce dernier se baissa juste à temps, sentant le vent du coup passer au-dessus de lui.

Les deux hommes se défièrent du regard, la tension palpable dans l'air. C'est alors que le quatrième homme chargea, essayant de maîtriser John avec une prise étouffante. Mais John, fort de son entraînement intensif à l'armée, parvint à inverser la prise et à plaquer son adversaire contre un mur.

Après quelques minutes qui parurent des heures, John parvint à immobiliser son adversaire au sol, le souffle court. Ce dernier adversaire, le visage ensanglanté et la respiration haletante, le regarda avec une intensité troublante : « Ton passé te suit… John… »

John serra sa prise :

« Où est-elle ? »

L'adversaire répondit avec une respiration lente :

« Kandahar… va à Kandahar… Tout a été orchestré…. L'homme que tu as tué, en mission…. Omar avait un frère… Malik Al-Bakri…. À l'heure actuelle, ta fille est déjà en vol pour Kandahar… »

Cet adversaire rendit son dernier souffle. Alors que la vie quittait ses yeux, John sortit de l'entrepôt. À l'extérieur, la poussière s'envolait autour de lui avec le vent de la nuit, faisant tournoyer les derniers feux d'une bataille récente. La révélation sur la connexion avec Malik Al-Bakri et son frère défunt, Omar Al-Bakri, le hantait. Il savait qu'il devait agir vite si Rose était déjà en vol pour Kandahar.

Sans perdre de temps, il se dirigea vers sa voiture, garée discrètement à quelques rues de l'entrepôt. Avant de démarrer, il sortit son téléphone et composa le numéro d'un vieil ami de l'armée, Alex. Si quelqu'un pouvait l'aider à accéder rapidement à Kandahar, c'était lui.

« Alex, c'est John. J'ai besoin d'un service. »

Après avoir rapidement expliqué la situation, Alex promit de mettre en place un avion privé pour le transporter directement en Afghanistan.

« Je ne peux pas croire que Malik soit derrière tout cela », murmura Alex.

L'inquiétude évidente dans sa voix.

« Fais attention, John. Kandahar n'est pas une plaisanterie, je t'attends à l'aéroport privé », lui dit-il.

John le remercia et raccrocha, se dirigeant vers l'aéroport privé que lui avait indiqué Alex. Il savait que le chemin serait semé d'embûches, mais la pensée de Rose en danger lui donnait la force de continuer. La route vers Kandahar ne faisait que commencer, et John était prêt à affronter tout ce qui se dressait entre lui et sa fille.

3

Le calvaire de Rose

La conscience de Rose émergea de l'obscurité, entourée de ténèbres et de confusion. Les souvenirs se bousculaient dans sa tête, mais tout était flou, sauf deux sensations distinctes : les menottes serrées autour de ses poignets et le bandeau oppressant qui lui aveuglait les yeux. Elle était étendue sur un plancher rugueux, secouée à chaque bosse sur la route, son corps frêle rebondissant sans répit.

L'odeur âcre de l'essence emplissait ses narines, tandis que le moteur grondait en arrière-plan, emplissant ses oreilles de ce son sourd et constant. Elle se sentait complètement isolée, séparée du monde extérieur par les parois métalliques de la camionnette. Les voix des ravisseurs murmuraient autour d'elle, presque inintelligibles, mais leur ton moqueur et triomphant était difficile à ignorer.

La délivrance vint lorsque les ravisseurs la sortirent brusquement de la camionnette, laissant l'air frais caresser son visage.

Cependant, ce soulagement fut de courte durée. Le sol sous ses pieds était chaud et sablonneux, l'air sec et lourd, tout lui était étranger. Elle sentait les regards des hommes qui l'entouraient peser sur elle, comme une proie traquée.

Le bandeau qui lui couvrait les yeux fut enfin retiré, révélant une scène qui la glaça d'effroi. Elle se trouvait dans un vaste hangar, l'air stagnant et chargé de poussière. Des caisses étaient empilées autour d'elle, des câbles traînaient au sol, et les ombres menaçantes des ravisseurs rôdaient tout près.

Un homme, le plus imposant de tous, s'approcha d'elle, irradiant une menace palpable. Ses yeux d'un noir abyssal semblaient lire son âme. Il s'exprima d'une voix rauque qui fit frissonner Rose jusqu'au plus profond de son être.

« Tu sais pourquoi tu es ici ? Ton père m'a pris mon frère ! Et maintenant tu es à moi ! »

Les mots transpercèrent le cœur déjà fragile de Rose comme des lames de couteau. Elle était en train de réaliser que cette situation était bien plus grave qu'elle ne l'avait imaginé. Son lien avec son père avait conduit à sa capture, et elle se retrouvait prise au piège dans un cauchemar sans fin.

Le temps s'écoulait lentement, marqué par la chaleur étouffante, la faim et la soif, ainsi que par les rires cruels des ravisseurs. Rose se remémorait son père, leurs moments passés ensemble, et des larmes silencieuses coulaient sur ses joues. Elle se sentait désespérément éloignée de tout ce qui lui était familier : sa chambre, ses amis, sa vie d'avant.

Soudain, l'atterrissage bruyant d'un hélicoptère provoqua une brève distraction parmi les ravisseurs, et Rose y vit une opportunité. Elle avait toujours été agile et rapide, et elle se souvint des cours d'autodéfense que son père lui avait enseignés.

Rassemblant son courage, elle se leva discrètement, repéra une sortie potentielle, et se prépara à tout pour échapper à cette prison cauchemardesque.

Profitant de l'agitation et du bruit, elle se faufila derrière quelques caisses et s'élança vers la sortie, les pieds à peine touchant le sol. La liberté semblait à portée de main, chaque battement de son cœur la rapprochant de son objectif. Cependant, son espoir fut de courte durée lorsque l'ombre massive de l'hélicoptère l'engloutit rapidement, faisant tourbillonner le vent soulevé par les pales.

Elle était à quelques mètres de la liberté, mais une main ferme saisit son bras, la stoppant net dans sa course effrénée. Rose se débattit avec détermination, mais le regard sombre de Malik la fixait, sa poigne impitoyable l'empêchant de fuir.

« Tu pensais vraiment t'échapper si facilement ? », lui dit-il avec un sourire narquois.

La lutte pour sa survie ne faisait que commencer, et Rose était déterminée à ne pas se laisser briser par ces circonstances terrifiantes.

Le retour en captivité de Rose à bord de l'hélicoptère avait brisé son espoir de liberté. Elle était assise à l'intérieur, attachée et les yeux bandés, tandis que le bruit assourdissant des pales de l'appareil accentuait son isolement. Chaque battement de ces pales semblait compter les secondes de sa captivité, les minutes s'étirant en heures interminables. Les vibrations de l'appareil et les murmures étouffés des ravisseurs étaient les seuls éléments qui la reliaient au monde extérieur.

Malgré sa situation désespérée, Rose tenta de se concentrer sur les conversations des ravisseurs, cherchant le moindre indice qui pourrait lui être utile à l'avenir.

Cependant, ses pensées revenaient constamment à son père, John. Elle se remémorait leurs précieux moments ensemble, les histoires du soir qu'il lui racontait, ses conseils et son amour inconditionnel. La peur et l'inquiétude la submergeait, mais elle puisait un certain réconfort dans ces souvenirs. Elle se demandait si son père était en sécurité et si, d'une manière ou d'une autre, il la retrouverait. Elle espérait qu'il serait son sauveur, comme dans les contes qu'il lui racontait.

Soudain, l'hélicoptère changea de direction, provoquant un serrement d'estomac chez Rose.

Les secousses violentes de l'appareil la faisaient craindre le pire. Chaque minute qui passait semblait une éternité avant que l'hélicoptère ne se pose enfin avec une certaine rudesse. Les moteurs ne s'éteignirent pas immédiatement, maintenant un bourdonnement sourd et constant tout autour d'elle.

À l'intérieur de l'hélicoptère, le silence était oppressant, rompu seulement par des murmures et des chuchotements sporadiques des ravisseurs. Puis, les portes s'ouvrirent brusquement, des voix en colère et autoritaires réclamant des explications. Rose essaya de bouger pour percevoir ce qui se passait, mais une main ferme la maintint en place, l'empêchant de comprendre la situation.

L'histoire de Rose prend une tournure de plus en plus tendue alors qu'elle est transportée vers une destination inconnue. Les événements se précipitent, et la situation devient de plus en plus précaire pour elle.

Après avoir été capturée à nouveau à bord de l'hélicoptère, Rose se retrouve dans un environnement hostile où elle ne comprend pas la langue des ravisseurs ni les événements qui se déroulent autour d'elle. Une altercation éclate entre les ravisseurs, un coup de feu retentit, plongeant Rose dans la terreur.

Elle perçoit clairement le nom de Malik et comprend qu'il est au centre de cette confrontation violente. Ça voix glaciale instaure un climat de terreur parmi les ravisseurs restants.

L'hélicoptère continue son vol pendant des heures à travers des paysages hostiles, et Rose se demande ce qui l'attend à destination. Elle sait que Kandahar est une ville dangereuse et qu'elle entre dans une situation encore plus périlleuse.

Une fois arrivée, Rose est escortée à l'intérieur d'un bâtiment et emmenée dans une petite pièce sombre. Son bandeau est retiré, et elle se retrouve seule dans cette pièce éclairée faiblement. La situation est terrifiante, mais Rose garde sa détermination.

Malik fait une entrée fracassante, laissant entendre que Rose paiera pour les actions de son père.

Malgré sa peur, Rose fait preuve de détermination et de défiance envers cet homme qui détient sa vie entre ses mains.

4

Direction
Kandahar

La tension monte alors que John se prépare à prendre un jet privé en direction de Kandahar pour retrouver sa fille Rose. L'aurore colore le ciel de nuances magnifiques, mais pour John, c'est le début d'une mission désespérée.

L'aéroport privé est rempli de jets luxueux, mais John ne s'attarde pas sur le luxe. Il se dirige vers un jet plus discret et est accueilli par son vieil ami et partenaire, Alex.

L'apparence fatiguée d'Alex témoigne de la gravité de la situation. John explique en détail l'enlèvement de Rose et tout ce qu'il a découvert jusqu'à présent.

Alex, écoute attentivement et prend des notes, démontrant sa détermination à aider John dans cette mission périlleuse. Alors qu'ils finalisent leurs préparatifs, un appel d'un ami de la police les informe que la police est au courant des coups de feu en ville, mais vu qu'il n'y a eu aucun blesser, ils ont bien voulu fermer les yeux en raison de la situation.

John exprime sa gratitude envers son ami tout en partageant sa frustration pour la situation. Alex rassure John en lui promettant qu'ils retrouveront Rose.

La planification minutieuse de John et Alex atteint son apogée, et ils sont maintenant prêts à se lancer dans leur mission de sauvetage pour retrouver Rose. Le temps passe rapidement, car ils discutent des détails de la mission, des itinéraires possibles et des contacts à établir une fois sur place.

Lorsqu'Alex annonce qu'il est temps de partir, il conduit John vers une camionnette soigneusement équipée qui contient un véritable arsenal.

L'arrière de la camionnette révèle une impressionnante collection d'armes et d'équipements de pointe. Des fusils d'assaut avec des accessoires tactiques, des pistolets de divers calibres, des couteaux de combat, des grenades de différents types, et même des gadgets tels que des brouilleurs, des dispositifs d'écoute, des jumelles à vision nocturne, et des drones de reconnaissance de petite taille sont soigneusement disposés.

Alex tend à John un gilet pare-balles renforcé de couleur noire, capable d'arrêter une balle de calibre .50. Il présente également des grenades aveuglantes qui pourraient désorienter les ennemis en cas d'embuscade. Enfin, Alex mentionne la présence de charges explosives C-4 avec un détonateur à distance pour donner à John un avantage supplémentaire.

L'équipement impressionnant révèle la détermination de John et d'Alex à retrouver Rose à tout prix, et ils sont prêts à faire face à tous les défis qui les attendent à Kandahar. La tension monte à mesure que leur mission se rapproche de son point culminant.

L'intérieur de l'avion était imprégné d'une atmosphère solennelle et déterminée alors que John et Alex se préparaient mentalement pour la mission à venir. L'équipement soigneusement choisi était prêt et rangé dans un sac tactique que John avait jeté sur son épaule. Il exprima sa gratitude envers Alex pour cet équipement crucial qui augmenterait ses chances de succès.

À l'intérieur du jet, une fois qu'ils étaient en vol, le monde extérieur semblait lointain à travers les hublots. Les deux hommes étaient totalement absorbés par leurs préparatifs, examinant chaque détail de la mission à venir. Ils discutèrent des stratégies à adopter, des risques potentiels et des alliés possibles dans la région.

Chaque minute qui s'écoulait était précieuse, mais cette pause avant l'effervescence de la mission leur permettait de se concentrer sur leur objectif commun : sauver Rose.

Le bruit des moteurs de l'avion résonnait dans la cabine, créant une ambiance chargée d'anticipation. Les lumières tamisées du tableau de bord projetaient des ombres douces et ʹ mouvantes. John et Alex étaient assis sur des sièges robustes, équipés de harnais de sécurité renforcés, prêts à faire face aux défis qui les attendaient.

L'intérieur de l'avion était imprégné de senteurs familières, mélangeant le métal froid du fuselage à l'odeur de l'huile et du carburant. À l'arrière, des caisses de matériel portaient les marques de nombreuses opérations passées, rappelant le passé tumultueux de ces deux hommes.

Alors que l'avion continuait sa course à travers les cieux, la lueur douce des instruments du cockpit éclairait le visage marqué de John, témoignant des nombreuses épreuves qu'il avait traversées au fil des années. Ses yeux fixés sur l'horizon semblaient refléter une expérience et une détermination inébranlables.

À ses côtés, Alex ajustait les sangles de son harnais. Son visage portait également les marques du combat, avec des cicatrices rappelant des missions passées au Moyen-Orient. Un tatouage discret sur son poignet était un souvenir d'une mission en Syrie où ils avaient réussi à sauver des otages d'une situation désespérée.

Malgré le grondement des moteurs, l'intérieur de l'avion était étonnamment silencieux, permettant aux deux hommes de se perdre dans leurs pensées tout en se préparant mentalement pour la mission périlleuse qui les attendait.

Chaque élément de l'équipement dans la cabine de l'avion racontait une histoire, une histoire de détermination, d'expérience et de victoires remportées sur le champ de bataille. L'arme de John, usée par de nombreuses batailles, portait les cicatrices du combat, avec des marques éraflées et des gravures personnelles sur le canon, témoignant de l'expertise de son propriétaire.

Alex, en attrapant une vieille bouteille d'eau portant une étiquette partiellement déchirée, se souvenait également des missions passées. Chaque détail dans cette cabine était imprégné du passé, des guerres menées, des victoires célébrées et des camarades perdus.

Cependant, malgré ces souvenirs, l'urgence de la mission actuelle était la priorité, et John et Alex savaient qu'ils devaient rester concentrés sur leur objectif principal : sauver Rose.

Les heures s'écoulaient, rythmées par les vibrations de l'avion. John plongeait dans ses pensées, se remémorant les nombreuses missions et entraînements partagés avec Alex. Leur partenariat était né à l'académie militaire, où ils étaient devenus inséparables, complétant parfaitement leurs compétences respectives. Alex excella dans la communication et le déchiffrement, tandis que John se démarquait par sa stratégie et ses compétences au combat.

John se souvint de leur première mission ensemble, une opération nocturne périlleuse dans une jungle dense, où ils avaient dû naviguer dans des conditions difficiles pour démanteler une cellule rebelle. Ils avaient été pris dans une embuscade, mais leur confiance mutuelle les avait aidés à s'en sortir indemnes.

Il évoqua également une mission en Ukraine, où ils s'étaient infiltrés dans une base ennemie pour récupérer des informations cruciales. Malgré une situation tendue, leur synchronisation et leur confiance mutuelle les avaient aidés à échapper à une embuscade en créant une diversion explosive.

Alex, brisant le silence, se rappela d'une mission au Kazakhstan, où ils avaient été pris dans un blizzard glacial. John avait improvisé un abri avec une simple bâche et des branches, tandis qu'Alex se plaignait du froid.

John esquissa un sourire en se remémorant cet épisode :

« Comment pourrais-je oublier ? Tu n'arrêtais pas de te plaindre du froid, alors que j'essayais de maintenir le feu allumé. »

Alex rit légèrement :

« C'était une autre époque... Mais malgré les dangers et les défis, je n'échangerais pas ces souvenirs pour rien au monde. »

John hocha la tête avec conviction :

« Moi non plus. Et aujourd'hui, nous avons une autre mission. Nous devons retrouver Rose. »

Les deux vétérans partagèrent un moment de silence, la détermination brûlant dans leurs yeux. La descente vers Kandahar allait bientôt commencer, et ils devaient être prêts à affronter les défis qui les attendaient.

L'avion traversa la nuit, emportant à son bord deux hommes déterminés, portant le poids de leur passé et les espoirs du présent. Les heures semblaient s'étirer, chaque minute s'accrochant aux suivantes, l'obscurité extérieure n'étant interrompue que par les lumières clignotantes de l'avion.

L'intérieur était calme, John se perdant dans ses pensées, repensant en boucle à chaque détail du kidnapping, cherchant des indices ou des détails qu'il aurait pu manquer. Alex, quant à lui, consultait une tablette, repérant les terrains d'atterrissage possibles, les lieux où ils pourraient se ravitailler et les zones d'opération de Malik.

Finalement, le soleil commença à teinter l'horizon d'or et de pourpre. L'ombre des montagnes de l'Afghanistan se dessinait au loin. Ils étaient presque arrivés.

« Prépare-toi, on va bientôt atterrir, »
déclara Alex, sa voix brisant le silence.

John hocha la tête, ajustant son gilet
pare-balles et vérifiant son arme une
dernière fois. Tandis que l'avion
amorçait sa descente, une transmission
radio interrompit leurs préparatifs.

« Avion non identifié, veuillez déclarer
votre identité. »

C'était une voix froide et autoritaire,
sans doute celle d'un contrôleur aérien
de Kandahar ou d'un poste de
commandement militaire.

Alex répondit rapidement, donnant un
code préétabli. Un silence tendu
s'installa, puis la voix revint, légèrement
plus détendue :
« Reçu, vous pouvez continuer votre
approche. »

L'avion se posa doucement sur une
piste isolée, éloignée des regards.
Cependant, à peine les roues touchèrent-
elles le sol qu'un véhicule tout-terrain

s'approcha à grande vitesse, ses phares éblouissants perçant l'obscurité.

Deux hommes en sortirent, armés et prêts à en découdre. La situation était claire : ils n'étaient pas les bienvenus.

5

Poursuite à travers le désert

L'avion, à peine posé sur le tarmac crasseux, avait provoqué une nuée de poussière qui obscurcissait la vue. De l'épaisse brume matinale, des silhouettes armées surgirent, se rassemblant rapidement autour de l'aéronef.

Alex, les mâchoires serrées, vérifia la charge de son pistolet.

« Ça sent l'embuscade John ! », lui dit-il d'un ton tendu.

John hocha la tête tout en ajustant son gilet pare-balles.

« Ils veulent probablement s'assurer que nous ne posons pas de problème, mais restons sur nos gardes », déclara John d'une voix calme malgré la situation tendue.

La porte de l'avion s'ouvrit lentement, révélant une douzaine d'hommes armés, leurs regards fixés sur l'intérieur de l'appareil.

Le chef de cette sinistre troupe, un homme robuste à la longue barbe, fit un signe, et ses hommes se mirent en position, prêts à ouvrir le feu.

Soudain, sans le moindre avertissement, une grenade aveuglante, lancée par Alex, explosa au milieu des assaillants, les désorientant momentanément.

Profitant de l'effet de surprise, John et Alex jaillirent de l'avion, éliminant rapidement plusieurs ennemis proches.

Alex se retrouva derrière une pile de caisses, échangeant des tirs avec trois adversaires qui s'étaient abrités derrière un véhicule. Deux d'entre eux furent touchés par les tirs précis d'Alex, mais le troisième parvint à lancer une grenade en direction d'Alex. Dans un geste désespéré, Alex tira sur la grenade, la faisant exploser en l'air avant qu'elle n'atteigne sa cible.

Pendant ce temps, John s'était engagé dans un combat au corps à corps, mettant en pratique ses compétences en combat rapproché pour neutraliser ses adversaires.

Lorsqu'un homme tenta de l'attaquer par-derrière, John, avec un mouvement fluide, le retourna, le plaquant au sol avant de lui asséner un coup fatal.

Après plusieurs minutes d'intense combat, un silence pesant s'installa, brisé seulement par les claquements des drapeaux au vent et les gémissements des blessés.

Essoufflé, John scrutait les environs, s'assurant qu'aucun ennemi ne se cachait en embuscade. La situation était momentanément sous contrôle, mais ils savaient que d'autres défis les attendaient.

Alex, son visage couvert de sueur et de saleté, s'approcha de John, hochant la tête en signe d'approbation.

« Tu crois qu'ils ont un lien avec le kidnapping de ta fille ? » demanda Alex.

John rechargea son arme, ses yeux toujours fixés sur l'horizon.

« On le saura bientôt. Notre mission ne fait que commencer », répondit John d'une voix déterminée.

La poussière soulevée par l'agitation avait à peine eu le temps de retomber que John et Alex étaient déjà en mouvement, leurs sens en alerte. Ils avaient choisi un point d'atterrissage à une distance sécuritaire de la base ennemie, cherchant à éviter une confrontation directe avant d'avoir rassemblé suffisamment d'informations.

La nuit tombait sur le paysage afghan, offrant une couverture d'obscurité. La chaleur étouffante du jour avait cédé la place à une fraîcheur presque mordante. Ils avancèrent silencieusement, se faufilant entre les étoiles et la lueur d'une lune croissante.

Ils tombèrent sur un petit groupe de gardes, occupés à discuter autour d'un feu de camp. John observa attentivement, cherchant une opportunité. Les paroles d'une conversation lui parvinrent, évoquant l'arrivée récente d'un nouvel individu à la base de Kandahar, probablement Rose. Les soldats parlaient aussi d'une grande célébration prévue pour le lendemain.

John échangea un regard avec Alex. Ils savaient qu'ils ne pouvaient pas perdre de temps. John, la colère bouillonnant en lui, sortit une grenade à fragmentation de sa ceinture, retira la goupille et la lança sur le groupe de soldats ennemis.

L'explosion fut brutale. La terre trembla sous l'impact, projetant des morceaux de roches, de métal et de chairs humaines. La lumière du feu fut immédiatement éclipsée par un nuage de poussière rougeâtre et de fumée. Les cris des hommes ne durèrent qu'un court instant. En quelques secondes, le campement autrefois animé était devenu un paysage de destruction et de mort.

Alex, choqué par la soudaineté de l'attaque, regarda John, cherchant des réponses dans ses yeux, mais tout ce qu'il vit fut une rage froide et déterminée.

John fouilla le campement et trouva une carte détaillée de la base ennemie. C'était une trouvaille inestimable.

Toutefois, ils savaient que le temps leur était compté. Chaque seconde passée augmentait le risque que Rose soit déplacée ou, pire, tuée. Reprenant leur marche, ils se dirigèrent vers l'un des points indiqués sur la carte, espérant y trouver des ressources ou des alliés. Mais avant tout, ils devaient rester en mouvement, ne pas laisser de traces et rester en vie.

Alors que la nuit enveloppait le désert, John et Alex se reposèrent brièvement, cherchant à économiser leurs forces pour le long périple qui les attendait encore. L'épais manteau d'étoiles au-dessus d'eux contrastait avec l'obscurité environnante. Tout était silencieux, à l'exception du doux murmure du vent dans le sable. Ils savaient que la route vers Rose serait périlleuse, mais leur détermination ne faiblissait pas.

La mission continuait, et ils étaient prêts à tout pour la mener à bien.

Ils avaient décidé d'avancer principalement la nuit pour éviter la chaleur accablante et pour être moins visibles. Alex sortit une vieille carte pliée qu'il avait gardée précieusement pendant toutes ces années.

« Si mes souvenirs sont exacts, il y a un ancien puits pas loin d'ici. Il pourrait être notre meilleure chance de reconstruire nos réserves d'eau. »

Chaque gorgée d'eau qu'ils avaient prise était précieuse, et ils savaient que sans eau, ils n'auraient aucune chance de survivre dans ce désert impitoyable. La recherche du puits est devenue une priorité.

Des heures plus tard, guidés par les indications d'Alex et par la lueur de la lune, ils arrivèrent près d'un vieux puits abandonné. Mais leur soulagement fut de courte durée : deux hommes armés s'y trouvaient. John et Alex se cachèrent derrière un rocher, évaluant la situation.

Après avoir observé pendant un moment, John chuchota :
« On doit prendre ces gardes par surprise. Je prends celui de gauche et toi celui de droite. »

Ils se mirent en position, attendant le moment propice. Lorsque l'un des gardes se détourna pour allumer une cigarette, ils bondirent. Les deux soldats ennemis furent neutralisés avant même de comprendre d'où venait la menace.

Rapidement, ils cachèrent les corps des deux soldats ennemis sans vie derrière le rocher, puis remplirent leurs gourdes. Ils savaient qu'il était temps de mettre de la distance entre eux et le puits avant que d'autres gardes ne viennent par ici.

Au fil des heures, leur progression fut ponctuée de multiples dangers. Des patrouilles ennemies, des serpents venimeux, et la chaleur accablante les mettaient constamment à l'épreuve. Mais chaque obstacle renforçait leur détermination.

À l'aube, alors qu'ils avaient établi un campement temporaire dans une vallée, ils furent surpris par un groupe d'hommes armés à moto. Une fusillade éclata, Alex avec son agilité légendaire, parvint à en éliminer deux d'un coup précis, tandis que John neutralisait trois autres avec une grenade aveuglante.

Malgré cette confrontation, cela leur avait coûté cher en munitions et en énergie. De plus, John avait reçu une éraflure à la jambe. Bien que la blessure ne fût pas dramatique, elle rendait sa marche douloureuse.

Tout en pansant sa blessure, John réfléchissait à leur prochaine étape. La base de Malik ne devait plus être très loin, mais chaque pas rapprochait John du danger ultime et aussi de sa fille bien-aimée, Rose.

Après une marche exténuante sous le soleil brûlant, John et Alex découvrirent une zone plate avec une végétation plus dense. Il semblait que la zone avait été, à un moment donné, un point d'eau naturel, maintenant asséché. Un endroit idéal pour camper cette nuit. Tous deux savaient que voyager dans un tel territoire serait suicidaire.

John, avec l'aide de jumelles, repéra rapidement quelques buissons portant des baies qu'il reconnut comme comestibles.

Alex, pendant ce temps, se mit en quête de racines comestibles et de petits insectes. Après une bonne heure, ils avaient rassemblé suffisamment de nourriture pour se sustenter.

Alors qu'ils allumaient un feu discret, camouflé par les roches et les buissons environnants pour éviter d'attirer l'attention, John tendit l'oreille. Le vent portait le bruit d'une conversation. Il signala silencieusement à Alex de rester sur ses gardes.

Ils s'approchèrent avec précaution, se dissimulant dans l'ombre. Ils découvrirent un groupe d'ennemis, probablement des éclaireurs de Malik, rassemblés autour d'un feu de camp, discutant en riant, partageant du thé. Les hommes parlaient d'opérations récentes, d'attaques menées avec succès et de la perspective de rentrer chez eux, riches.

Se regardant, John et Alex communiquèrent silencieusement, pesant le risque de les attaquer. Ils étaient en surnombre, mais leur vigilance semblait amoindrie par la détente et la fatigue. C'était une opportunité.

Soudainement, John lança sa dernière grenade aveuglante au milieu du groupe d'ennemis. Une explosion de lumière intense éblouit les ennemis. Alex et John surgirent de l'ombre, faisant usage de leurs armes avec une précision chirurgicale. En quelques secondes, la menace était neutralisée.

Alors qu'ils fouillaient les corps à la recherche d'informations utiles, Alex trouva un document indiquant les points stratégiques autour de la base de Malik. Ce document serait utile pour la suite de leur mission.

Toutefois, ils savaient que le temps leur était compté. Chaque minute passée augmentait le risque que Rose soit déplacée, voire pire, tuée… Reprenant leur marche, ils se dirigèrent vers l'un des points indiqués sur le document trouvé précédemment, espérant y trouver des ressources. Mais avant tout, ils devaient rester en mouvement, rester invisibles et rester en vie.

À mesure qu'ils s'enfonçaient dans le désert, le vent cinglant soufflait, soulevant des tourbillons de sable. Chaque pas était un effort, mais la détermination de John le poussait en avant.

Tout à coup, Alex s'arrêta net, plaçant une main sur le bras de John :

« Attends, écoute… », murmura-t-il.

À environ cent mètres devant eux, des lumières clignotaient à travers le voile de sable. Les deux hommes rampèrent doucement sur une dune pour avoir une meilleure vue. En contrebas, une caravane de véhicules tout-terrain stationnait, des hommes armés se déplaçaient entre les camions, discutant et vérifiant leur équipement.

John chuchota :

« Ils préparent une opération. Il est probable qu'ils renforcent la sécurité à la base. Nous devons les éviter. »

Alex acquiesça :

« Il y a une gorge à l'ouest. Elle nous donnera une couverture et nous pourrons la suivre pour nous rapprocher de la base. »

Prenant soin de rester hors de vue de l'ennemi, ils se dirigèrent vers la gorge. En chemin, ils tombèrent sur un petit ruisseau d'eau douce. Après avoir rempli leurs gourdes, ils reprirent leur route, grimpant et se faufilant à travers des rochers et des crevasses.

Après plusieurs heures d'une progression silencieuse, ils arrivèrent à un ancien campement abandonné. Profitant de cette opportunité, ils allumèrent un petit feu pour se réchauffer et cuisinèrent quelques rations trouvées sur place.

Tout en mangeant, Alex regarda John et lui dit :

« Tu sais, ça me rappelle cette mission en Syrie. On avait marché pendant des jours, affamés, avant de tomber sur ce village et... »

John hocha la tête :

« Je m'en souviens. »

Après avoir mangé et récupéré un peu de force, ils décidèrent de continuer leur route. Mais ils savaient que les choses allaient se compliquer à mesure qu'ils approchaient de cette base.

Après une heure de marche intensive, ils aperçurent le périmètre de la base de Malik. Le complexe était massif, avec des murs élevés et des tours de guet à chaque coin. Des patrouilles armées circulaient régulièrement.

Alors qu'ils préparaient leur plan d'infiltration, une explosion retentit

soudainement, suivie de cris et de tirs.
La bataille venait seulement de
commencer.

6

La base de Malik

Alors que la poussière, soulevée par une explosion retentissante, retombait lentement, créant un voile brumeux dans l'air, John et Alex, toujours dissimulés derrière un amas de débris, tentaient d'évaluer la situation avec une prudence extrême. Autour d'eux, les cris étouffés et les bruits de bottes lourdes résonnaient sur le béton, se rapprochant et s'éloignant dans un chaos indistinct. Ils n'avançaient pas directement vers eux, mais l'atmosphère était imprégnée d'une menace imminente.

« Ce n'était pas nous, quelqu'un d'autre essaie de pénétrer la base ! », murmura Alex.

Depuis leur cachette précaire, ils pouvaient voir les faisceaux lumineux des torches des soldats ennemis, tels des serpents lumineux, balayant le sol en quête de mouvement. Des coups de feu sporadiques éclataient ici et là, créant une symphonie chaotique qui résonnait contre les murs de la base. Ces tireurs, à première vue, semblaient être des rebelles.

Malgré leur nombre inférieur, ils se battaient avec une détermination féroce, utilisant astucieusement la topographie du terrain à leur avantage, se faufilant comme des ombres parmi les ruines et les décombres, dans une lutte désespérée pour la survie.

Tout en observant avec une attention aiguisée, John remarqua un détail inhabituel qui piqua son intérêt : les rebelles, étonnamment informés, semblaient connaître précisément les points faibles de la défense de la base. Ils avaient habilement placé des charges explosives à des endroits stratégiques, causant un chaos calculé, maximisant les dégâts et semant la confusion au sein des défenseurs.

Se faufilant de dune en dune, les deux hommes, silhouettes furtives dans l'obscurité, avancèrent avec une prudence extrême. Ils évitaient les zones éclairées par les projecteurs sporadiques de la base et utilisaient la cacophonie ambiante des combats comme une couverture sonore. A plusieurs reprises, leur progression fut interrompue, les obligeant à se plaquer au sol, retenant leur souffle, alors que des patrouilles armées passaient à une dangereuse proximité, leurs bottes fouettant le sol avec une régularité menaçante.

Soudain, un bruit sourd, presque étouffé par les détonations plus lointaines, les fit sursauter. Un des rebelles, séparé de son groupe par le tumulte de la bataille, s'était retrouvé pris dans un échange de tirs intense à quelques mètres seulement de leur position. Blessé à la jambe, sa progression était un mélange pénible de rampement et de glissement, chaque mouvement témoignant de sa douleur aiguë.

Sans une seconde d'hésitation, John se précipita hors de leur couvert, faisant fi du danger, et le tira derrière une formation rocheuse à proximité. Pendant ce temps, Alex, avec une vigilance accrue, couvrait leur retraite, son arme pointée vers l'obscurité, prêt à réagir au moindre signe de menace.

Serrant fermement le bras du rebelle pour endiguer l'hémorragie, John se pencha vers lui, son visage marqué par l'urgence. Il posa rapidement ses questions, sa voix basse et directe résonnant dans l'air tendu.

« Pourquoi cette attaque ? Qui êtes-vous ? » interrogea-t-il avec insistance.

Le rebelle, la douleur tordant ses traits, parvint à articuler d'une voix rauque et éraillée :

« Malik… C'est un monstre. Nous… nous devons l'arrêter. »

Alex, toujours aux aguets, scrutait les alentours avec une attention aiguë. Il se tourna vers le rebelle, son expression empreinte de sérieux :

« Il y a une entrée secrète, n'est-ce-pas ? Un chemin pour entrer sans être repéré ? »

Le rebelle, puisant dans ses dernières forces, hocha faiblement la tête :

« Un passage souterrain… à l'ouest… près de la vieille tour. »

Les deux hommes échangèrent un regard entendu, un mélange de détermination et de reconnaissance silencieuse dans leurs yeux. Après avoir révélé l'existence du passage souterrain, le rebelle, désormais affaibli par sa blessure et la perte de sang, murmura avec un souffle haletant :

« Faites-le payer… pour tous ceux qu'il a tués. »

Ses yeux se voilèrent, perdant leur éclat de vie, et sa respiration s'entrecoupa, devenant irrégulière et faible. John, avec une urgence redoublée, tenta de le stabiliser, mais le temps était contre eux. Dans un dernier souffle, le rebelle rendit son dernier souffle, laissant derrière lui un silence lourd et chargé d'émotions.

Alex, comprenant la gravité du moment, posa une main réconfortante sur l'épaule de John, son regard empreint d'une résolution inébranlable :

« Nous ferons en sorte que sa mort ne soit pas vaine. Malik paiera pour ses crimes. »

Avec cette promesse silencieuse gravée dans leur esprit, ils reprirent leur chemin vers la vieille tour, rechargeant leurs armes avec un professionnalisme calme et vérifiant méticuleusement leur équipement. John et Alex, déterminés et concentrés, étaient prêts à affronter tout obstacle pour sauver Rose.

Se glissant à travers les ombres telles des spectres, Alex et John avançaient en silence vers la vieille tour, guidés par les indications du rebelle mourant.

Chaque pas était calculé avec soin, chaque respiration maîtrisée pour éviter tout bruit superflu. La base, avec ses bâtiments épars, ses lumières aveuglantes et ses patrouilles incessantes, s'étendait comme un labyrinthe impitoyable.

Approchant prudemment de la tour, Alex repéra une caméra de sécurité discrètement installée. D'un geste silencieux, il fit signe à John de s'arrêter. Tirant une petite télécommande de sa poche, il brouilla temporairement le signal de la caméra, plongeant l'objectif dans une brève cécité électronique.

Les deux hommes se hâtèrent vers l'entrée de la tour. A l'intérieur, un escalier en spirale serpentait vers les profondeurs de la terre, éclairé faiblement par de petites ampoules espacées, jetant des ombres dansantes sur les murs de pierre.

Ils descendirent avec une prudence accrue, à l'écoute du moindre bruit suspect. Arrivés à un certain niveau, des voix étouffées parvinrent de l'étage inférieur. Collés contre le mur froid, ils aperçurent deux gardes en conversation devant une lourde porte en acier.

« Je prends celui de gauche, toi celui de droite… », murmura Alex, l'œil vif et la main déjà positionnée sur la poignée de son arme.

Leurs mouvements furent un modèle de synchronisation parfaite et en un éclair, les gardes furent neutralisés sans bruit. Alex récupéra les clés accrochées à la ceinture de l'un d'eux et ouvrit la porte. Derrière, un réseau complexe de tunnels s'étendait dans toutes les directions, comme les veines d'un organisme géant.

« Le rebelle avait raison, ce réseau est immense. Il nous faudra du temps pour le traverser, » chuchota John, scrutant les multiples chemins.

Alex acquiesça, l'urgence se lisant dans ses yeux :

« Et on doit faire vite. Malik pourrait déplacer Rose à tout moment. »

Ils choisirent un tunnel qui semblait mener vers le cœur de la base, avançant avec une vigilance redoublée, conscients que chaque virage pourrait abriter une embuscade.

Après une progression qui leur sembla durer des heures, ils arrivèrent à une intersection. Des bruits de pas résonnaient sur la gauche. Alex fit rapidement signe à John de se dissimuler dans une alcôve. Trois gardes passèrent, discutant sans méfiance. Une fois le chemin dégagé, ils reprirent leur avancée.

Le dédale de tunnels semblait infini, s'ouvrant sur des salles remplies d'armes, de munitions et de matériel de communication. Dans l'une d'elles, des plans étaient épinglés au mur, détaillant les différentes zones de la base.

« Regarde ça, il y a une zone au centre de la base, fortement sécurisée. Si Malik détient Rose, je parie qu'elle est là, » murmura Alex, pointant son doigt sur le plan.

John acquiesça avec une intensité grave :

« On doit s'y rendre, mais avec extrême prudence. Cette zone sera sûrement la plus gardée. »

Ils progressaient lentement, neutralisant silencieusement les gardes lorsqu'il n'y avait pas d'autre choix, et se faufilant avec une furtivité de loup pour éviter les patrouilles. A plusieurs reprises, ils durent se presser dans des recoins sombres, retenant leur souffle pendant de longs moments interminables pour échapper aux regards scrutateurs.

Au fur et à mesure qu'ils avançaient, l'image de Rose hantait l'esprit de John. Chaque minute écoulée ajoutait à l'urgence de leur mission. Une rage sourde et une détermination inébranlable le poussaient en avant.

Mais, malgré leur extrême vigilance, le danger rôdait à chaque coin. Dans un couloir étroit, un garde surgit soudainement, prenant Alex par surprise. Une lutte brutale s'ensuivit, et bien que John ait rapidement maîtrisé l'adversaire, Alex fut blessé à la jambe.

Il grimaça de douleur, mais murmura à John avec un souffle résolu :

« Ça va aller, mais on doit redoubler de prudence maintenant. »

Le duo, plus déterminé que jamais, s'enfonçait dans les entrailles de la base, chaque pas les rapprochant de leur but, mais aussi des dangers imprévus qui les guettaient.

Alex, malgré sa blessure, continuait d'avancer, s'appuyant lourdement sur l'épaule de John. La douleur se lisait sur son visage, mais sa volonté de retrouver Rose restait indomptable.

Au détour d'un corridor, ils entendirent des voix provenant d'une pièce adjacente. Ils s'immobilisèrent, tendant l'oreille. C'était Malik et l'un de ses lieutenants :

« Les rebelles nous ont causé bien des soucis ce soir, on a perdu pas mal d'hommes, » rapportait le lieutenant, la voix teintée de frustration.

« Ils ne sont qu'une diversion. Notre véritable problème, c'est John. Il se rapproche, je le sens, » répliquait Malik d'une voix glaciale, empreinte d'une menace sourde.

John et Alex échangèrent un regard lourd de compréhension. Le temps pressait, ils devaient agir maintenant.

Poursuivant leur chemin, ils tombèrent sur une salle de surveillance, bourdonnante d'écrans montrant divers angles de la base. John scruta les images et son cœur fit un bond. Sur un des écrans, une cellule isolée montrait une silhouette familière – Rose.

« Rose, » murmura John, les larmes aux yeux, son cœur battant un rythme irrégulier sous le poids de l'angoisse et de l'espoir.

« Elle est vivante, mais elle semble faible. Nous devons la sortir rapidement, » souffla Alex, son regard exprimant une détermination farouche.

Les lumières d'alarme rougeoyantes baignaient les couloirs d'une lumière surnaturelle, créant des ombres dansantes qui accentuaient l'urgence de leur mission. Le son strident de l'alarme perçait leurs oreilles, tandis que des bruits de pas précipités résonnaient, annonçant l'approche des ennemis.

« Ils savent que nous sommes ici. Il est temps d'agir, » dit Alex, ajustant son emprise sur son arme, le métal froid contre sa paume.

John acquiesça, resserrant son emprise sur son propre fusil d'assaut.

« On y va, pour Rose, » dit-il, sa voix trahissant un mélange de peur et de résolution.

Ils se lancèrent dans le couloir, prêts à affronter tout obstacle pour sauver Rose. Leur progression était un mélange de prudence et d'urgence, chaque coin de couloir exploré avec une attention minutieuse, chaque porte scrutée pour détecter les dangers potentiels.

Soudain, une embuscade. Trois gardes armés surgirent, leurs armes crachant la mort. John plongea derrière un pilier, sentant le souffle des balles siffler près de lui. Alex, de son côté, se jeta derrière un chariot métallique renversé, répondant au feu ennemi. L'écho des coups de feu se mêlait à l'odeur piquante de la poudre, créant une atmosphère chaotique et étouffante.

Un des gardes, se déplaçant avec une agilité silencieuse, tenta de se faufiler pour prendre Alex à revers. Cependant, avant qu'il ne puisse réussir, John, avec un regard perçant et un calcul rapide, tira une balle qui le faucha net.

Les deux autres gardes, concentrant leur tir sur Alex, ne remarquèrent pas la menace imminente.

Profitant d'un moment de distraction, John lança une grenade fumigène, plongeant la pièce dans un épais brouillard grisâtre. Les sons devenaient étouffés, les contours flous, créant une confusion momentanée. Les tirs cessèrent, offrant une pause précieuse.

« Ça devient vraiment chaud ici, » remarqua Alex, en vérifiant le chargeur de son fusil d'assaut, son ton trahissant une tension sous-jacente.

Poursuivant leur route, ils tombèrent sur un autre groupe d'ennemis, cette fois plus nombreux et visiblement mieux préparés. La sécurité de la base avait été clairement renforcée. Plutôt que d'affronter directement cette force supérieure, ils optèrent pour une tactique plus subtile.

Trouvant une pièce avec une seule entrée, ils préparèrent rapidement des pièges explosifs, mélangeant ingéniosité et expertise. Un bruit volontaire attira les gardes. Lorsqu'ils pénétrèrent dans la pièce, une série d'explosions retentit, éliminant la plupart d'entre eux. Les survivants, désorientés, furent rapidement neutralisés par John et Alex.

Essoufflés mais résolus, ils échangèrent un regard complice, un mot inutile dans le tumulte.

Chaque étape les rapprochait de Rose, et rien ne les arrêterait.
Mais alors qu'ils continuaient, des cris et des bruits de pas résonnèrent derrière eux. Se retournant, ils furent confrontés

à une unité d'élite de Malik, des soldats lourdement armés et équipés. Leur présence signifiait un danger bien plus grand.

Alex et John comprirent qu'ils ne pouvaient pas tous les affronter. Cherchant désespérément une issue, Alex pointa une porte étroite. Ils s'y engouffrèrent, verrouillant la porte derrière eux. Mais cette pièce, sans autre sortie, devenait un piège potentiel.

Les cris et les coups violents contre la porte s'intensifiaient, faisant vibrer les murs de la pièce. Malik, alerté par le tumulte, arriva rapidement, accompagné de ses hommes.

« John, regarde-moi, » murmura Alex, son regard empli d'une détermination brûlante,
« Quoi qu'il arrive, trouve Rose et tire-toi ! »

Sa voix était un mélange de commandement et de supplication, une demande ultime. John acquiesça, luttant contre l'émotion qui serrait sa gorge.

Soudain, la porte éclata, réduite en morceaux sous les coups répétés. Une horde de gardes se précipita à l'intérieur, inondant la pièce d'une marée humaine armée. John et Alex se défendirent avec une férocité désespérée, leurs mouvements coordonnés dans un combat acharné pour la survie. Mais ils étaient en sous-nombre.

Alex fut rapidement submergé, cerné par plusieurs gardes. Malik s'avança avec un sourire cruel, et d'un geste rapide et froid, il dégaina son pistolet et tira. La balle frappa Alex en pleine tête, son corps s'effondrant au sol dans un silence tragique. John, figé par l'horreur, vit en un éclair leurs souvenirs communs défiler.

Avant qu'il ne puisse réagir, un coup violent à l'arrière de sa tête le plongea dans l'obscurité, le monde s'évanouissant autour de lui.

7

En captivité

Lorsque John se réveilla, ses sens furent immédiatement assaillis par la douleur aiguë qui pulsait dans sa tête. Ligoté, il vit Malik le toiser avec un air de triomphe malveillant. « Tu pensais vraiment pouvoir me déjouer, John ? Pour avoir tué mon frère, tu vas maintenant payer, » ricana Malik, savourant chaque mot.

Un torrent d'émotions submergea John - le chagrin pour son ami perdu, la colère et la haine brûlante contre Malik. Mais par-dessus tout, une détermination féroce de ne pas perdre Rose, son unique raison de continuer.

Sous le regard cruel de Malik, John fut traîné dans une salle sombre et oppressante, où l'humidité suintait des murs et où chaque instrument de torture étincelait sous la lumière crue d'une ampoule solitaire. Malik s'approcha, observant avec une précision glaciale chaque expression de douleur sur le visage de John. Un coup violent, suivi du sifflement d'un fouet à lanières métalliques, résonna dans l'air.

« Pour chaque larme de mon frère que j'ai versée, tu vas souffrir, » murmura Malik, sa voix un souffle de menace.

Les heures qui suivirent furent un calvaire pour John. La torture, infligée avec une précision cruelle, testa les limites de sa résistance physique et mentale. Chaque coup porté était un défi à sa volonté de rester silencieux, de ne pas céder à Malik.

Finalement, épuisé par sa propre brutalité, Malik ordonna que John soit jeté dans une cellule humide et froide. Là, dans l'obscurité et l'isolement, chaque pensée de John se tourna vers Rose. Les souvenirs de leur temps ensemble, chaque rire partagé, chaque moment de bonheur, devenaient des balises de lumière dans la noirceur de sa situation. Ces pensées lui donnèrent la force de tenir, de se reconstruire intérieurement. John savait qu'il devait survivre, qu'il devait trouver un moyen de s'échapper pour sauver sa fille.

La cellule de John, sombre et étroite, était éclairée par une fine fente laissant pénétrer un faible rayon de lumière du jour. Les murs transpiraient d'humidité, et le sol froid et humide s'opposait à chaque tentative de confort.

Malgré la douleur lancinante et l'épuisement, John refusait de s'effondrer. Appuyé contre le mur humide, il rassemblait ses pensées, planifiant désespérément sa prochaine action. Les échos des conversations des gardes de Malik filtraient à travers la porte, se vantant de leurs actes mais trahissant une inquiétude face aux récents succès des rebelles.
Soudain, un léger grattage sur le mur opposé attira son attention.

« Qui est là ? » chuchota John.

« Un prisonnier, comme toi. J'ai des informations pour s'échapper. Nous devons être nombreux et organisés, » répondit l'autre.

Un nouvel espoir naquit en John. Ils commencèrent à établir un réseau discret de prisonniers, chuchotant à travers le mur et utilisant des codes pour communiquer. Chaque conversation était un risque, mais chaque mot alimentait la flamme de l'espoir dans le cœur de John.

Cette nuit-là, John et ses compagnons de cellule étaient plongés dans une intense réflexion. Ensemble, ils élaboraient un plan méticuleux, cherchant les points faibles des défenses de la base et envisageant des moyens subtils pour les saboter. John sentait l'urgence de la situation peser lourdement sur ses épaules : chaque heure écoulée rapprochait Rose du danger et augmentait le risque que Malik découvre leur complot.

Avec chaque prisonnier rallié à leur cause, une nouvelle vague de détermination envahissait John. Il était décidé à ne pas laisser Malik remporter cette bataille. Dans l'étroite cellule, chaque heure s'étirait en une éternité torturante, mais John restait concentré sur son but ultime : s'évader pour sauver Rose. À travers des observations discrètes et des conversations chuchotées, il avait appris la routine des gardes et identifié les moments où leur vigilance était au plus bas.

Plus tard, John examina attentivement la porte de sa cellule. Faite d'un vieux métal rouillé, elle semblait impénétrable. Cependant, le verrou, rongé par les années d'usure, montrait des signes de faiblesse. Cette petite faille, fruit de longues années de négligence, représentait un rayon d'espoir pour John et ses alliés.

Cette nuit, John était concentré, le petit morceau de métal en main, glissé dans le verrou rouillé de sa cellule. Avec une précision acquise à force de patience, il sentit le déclic libérateur. La porte s'ouvrit lentement, dévoilant un couloir plongé dans l'obscurité.

Il libéra rapidement deux prisonniers, et ensemble, ils neutralisèrent les gardes avec une efficacité silencieuse, se saisissant de leurs armes. Ils avançaient prudemment, éliminant discrètement chaque garde croisé dans les dédales de la base.

Alors qu'il s'approchait de la sortie, une embuscade les attendait. Des portes lourdes se fermèrent brusquement, encerclant John et ses compagnons. Face à eux, une escouade de soldats d'élite de Malik en uniformes noirs se tenait prête à l'attaque.

Chaque seconde comptait. John sentit la tension électrique monter, les soldats le fixant intensément.
Soudain, un des soldats, un colosse au tatouage tribal, avança, brandissant une machette. John esquiva de justesse, les

étincelles jaillissant à chaque impact sur le carrelage.

Un autre soldat ouvrit le feu. John, réagissant instinctivement, se jeta derrière un pilier en béton. Les balles ricochaient, résonnant dans la pièce, tandis que John préparait sa contre-attaque.

Dans un mouvement fluide, John se rua sur le soldat le plus proche, le désarmant rapidement d'une prise au cou. Prenant l'arme du soldat, il tira avec précision sur deux autres assaillants qui s'approchaient, les faisant s'effondrer au sol.

Les lumières vacillaient, créant une atmosphère presque surnaturelle, tandis que des cris et des gémissements de douleur emplissaient l'air. La sueur coulait sur le visage de John, ses muscles se contractant à chaque mouvement. Chaque impact évité, chaque riposte était une danse mortelle.

Au centre de la pièce se trouvait une table métallique, recouverte d'outils chirurgicaux. John la renversa, utilisant le métal comme bouclier improvisé contre les tirs incessants. La table métallique résonna sous les impacts de balles, créant un chaos sonore assourdissant au milieu de la mêlée intense.

Un autre adversaire s'avança, brandissant une énorme massue dans sa main massive. D'un pas lourd, il s'approcha en frappant violemment le sol, faisant trembler la pièce. John sentant le souffle de la massue passer près de lui. Utilisant la force de l'impact, il saisit l'arme et la retourna habilement contre son adversaire, le neutralisant avec un coup précis.

Tous les ennemis gisaient à terre, certains hurlant de douleur, d'autres agonisant. John, pour abréger leurs souffrances, leur tira une balle dans la tête avec une arme qu'il avait ramassée.

Finalement, après ce qui semblait être des heures, la salle redevint silencieuse. Le sol était jonché de corps, et seul John restait debout, haletant, les vêtements déchirés, mais toujours déterminé. Rassemblant ses forces, il se dirigea vers la sortie.

John commença par explorer les couloirs adjacents, à la recherche d'un arsenal ou d'une salle de stockage. Ses compétences en infiltration étaient à leur paroxysme. Finalement, dans une pièce bien gardée, il trouva ce qu'il cherchait : des sacs remplis d'explosifs C-4. John rempli rapidement son sac à dos, ainsi que plusieurs poches de son gilet tactique.

Maintenant armé pour causer de sérieux dégâts, il devait retrouver sa fille. S'appuyant sur les informations fournies par le rebelle blessé, John avança vers les cellules de détention de la base. Il utilisait chaque ombre, chaque angle mort, pour se faufiler sans être repéré.

Alors qu'il s'approchait des cellules de détention, il entendit des voix étouffées et des pleurs. C'était Rose. Elle était vivante.

Mais alors qu'il s'apprêtait à ouvrir la porte de sa cellule, il fut surpris par deux garde. Sans perdre une seconde, John les neutralisa avec une technique de combat rapproché, combinant la haine avec la brutalité d'un père désespéré.

Doucement, John s'approcha de Rose et lui murmura son prénom avec la voix tremblante. Elle releva lentement la tête, ses yeux bleus, rougis par les larmes, rencontrant ceux de son père. Pendant un instant, tout s'arrêta.
Le monde extérieur n'existait plus. Il n'y avait qu'eux deux.

Rose se jeta dans ses bras, sanglotant violemment :

« Papa…j'avais si peur…je pensais que je ne te reverrai jamais… »

John la serra fort contre lui, essayant de contenir ses propres larmes, lui chuchota :

« Je te promets que je ne te laisserai plus jamais. »

Les minutes passèrent dans cette étreinte. Tous les traumatismes, toutes les peurs s'évanouirent, ne laissant que l'amour pur d'un père et de sa fille.

Enfin, John se recula légèrement, posant une main douce sur la joue de Rose et lui dit :« Nous devons partir, mon ange. Avant qu'ils ne reviennent. »

Elle hocha la tête, essuyant ses larmes, et ensemble, ils se préparèrent à affronter les dangers qui les attendaient. Mais peu importe ce qui allait arriver ensuite, ils savaient qu'ils le feraient ensemble.

8

La confrontation finale

Les murs de la base, imprégnés de l'odeur métallique du combat récent, semblaient presque vibrer de tension. John, toujours en état d'alerte, guidait Rose à travers un dédale de couloirs étroits et sinueux, le son de leurs pas résonnant sur le sol froid. Les lumières clignotaient par intermittence, créant des zones d'ombres mouvantes où tout danger pouvait se cacher.

Rose, avec ses cheveux emmêlés collant à son front moite, lançait des regards anxieux autour d'elle.

Avec sa voix à peine audible, elle murmura :

« Papa, je sens que nous sommes suivis. »

John, les yeux balayant chaque recoin, hocha la tête :« Reste prêt de moi, » répondit-il d'une voix rauque.

Chaque bruit, chaque craquement les mettait en alerte. Les souvenirs du visage d'Alex, son ami parti trop tôt, revinrent le hanter, amplifiant sa détermination.

Au détour d'un couloir, ils tombèrent sur un petit arsenal. John fouilla rapidement les étagères, saisissant quelques chargeurs supplémentaires et une grenade fumigène. Il aperçut également un détonateur pour explosif C-4.

« Parfait, cela pourrait nous être utile, » murmura-t-il.

Ils continuèrent leur avancée, se rapprochant de la sortie. Mais l'air semblait devenir plus lourd, chargé d'une menace imminente. Ils arrivèrent à un croisement de couloir. La sortie se trouvait à proximité, mais John sentait que c'était trop facile. Il demandait à

Rose de ne plus bouger, alors qu'il tendait l'oreille. Un murmure lointain lui parvint. Des voix. Ils n'étaient pas seuls.

Sans prévenir, des projecteurs s'allumèrent, éblouissant les deux fugitifs. Des silhouettes armées apparurent, encerclant John et Rose. Le chef du groupe, reconnaissable à son insigne, s'approcha avec un sourire narquois.

« Croyais-tu vraiment pouvoir t'échapper d'ici avec ta fille ? » lança-t-il d'un ton moqueur.

John, son regard froid comme l'acier, lui répondit :

« Ce n'est pas encore fini. »

Avec une rapidité surprenante, il lança la grenade fumigène à ses pieds. Une épaisse fumée blanche envahit le couloir, créant une diversion. John tira sur les deux soldats qui se trouve à proximités, les mettant hors de combat, tandis que Rose, suivant les instructions précédentes de son père, se dirigea vers une issue de secours.

La confusion était totale. Des coups de feu retentissaient de partout, mais John, guidé par son instinct, parvint à neutraliser plusieurs autres ennemis. John se dépêcha de retrouver Rose, par la sortie de secours.

Lorsqu'ils émergèrent enfin derrière cette porte, ils se retrouvèrent enfin à l'extérieur, le vaste espace de la cour principale de la base s'étendait devant eux. Des citernes massives et diverse structure critiques s'élevaient, témoignant de l'importance stratégique du complexe. Rose, le souffle court, attendait John, derrière la porte de secours, ses yeux balayant frénétiquement les alentours.

Profitant de la confusion, John s'approcha rapidement des citernes, attachant avec précaution les charges de C-4. Chaque seconde comptait. Rose, quant à elle, gardait un œil sur les entrées, prête à signaler la moindre menace.

Une fois les explosifs en place, ils se dirigèrent vers l'un des véhicules stationnés non loin. Mais alors que John s'apprêtait à monter dans la voiture, un cri guttural retentit, gelant le sang dans leurs veines. Malik surgit de nulle part, son visage déformé par la rage.

« Toi ! Tu pensais vraiment pouvoir détruire mon empire et t'en sortir indemne ?
Une fois que je t'aurais tué, je m'occuperais de ta fille ! » rugit-il.

John fit un signe à Rose de monter dans le véhicule et lui dit d'attendre ici.

Malik, s'approcha lentement, son regard haineux, fixé sur John. Les deux hommes, deux adversaires jurés, se jaugèrent un instant. Puis, sans prévenir, Malik se jeta sur John, en hurlant de rage. Un combat acharné s'engagea, mêlant force, technique et ruse. Chaque coup porté, chaque esquive, était le reflet de la haine et de la détermination de chacun.

Alors que les charges de C-4 étaient prêtes à être déclenchées, John et Malik se battaient sans relâche, chaque adversaire cherchant à dominer l'autre. La cour retentissait du bruit de leurs échanges, leurs respirations saccadées témoignant de l'intensité de l'affrontement.

Dès les premiers instants, Malik lança un coup de poing rapide, visant le visage de John. Celui-ci esquiva de justesse, sentant le vent du coup passer près de son oreille.

Réagissant instantanément, John tenta un balayage du pied, cherchant à déstabiliser Malik. Mais ce dernier sauta agilement, évitant le coup et atterrissant légèrement quelques mètres plus loin.

Les deux adversaires se tournèrent autour, cherchant une ouverture. Malik, avec un sourire narquois, se jeta à nouveau sur John. Il tenta une série de coups rapides, combinant des frappes hautes et basses, cherchant à désorienter son adversaire. Mais John, avec une force surprenante, renversa la prise et plaqua Malik au sol. Avant que John puisse capitaliser sur cet avantage, Malik lança un coup de pied retourné qui frappa John en plein torse, le propulsa en arrière.

Les deux combattants, maintenant essoufflés mais toujours déterminés, s'éloignèrent l'un de l'autre, reprenant leur souffle, comme si le temps s'était arrêter pour ce duel acharné.

Chaque coup semblait saper sa force, le rapprochant de la défaite.

Mais, puissant dans des réserves de force qu'il ignorait posséder, John repoussa Malik avec une rage renouvelée. Chaque coup qu'il portait était plus puissant que le précédent, chaque attaque plus tranchante. Malik, malgré sa grande habileté, commença à montrer des signes de fatigue.

Le sol de la cour était parsemé des traces du duel titanesque. Des éclaboussures de sang témoignaient de la violence de l'affrontement. Les respirations haletantes des deux combattants résonnaient dans le silence pesant, comme une mélodie lugubre. Leurs visages étaient marqués par des contusions, des éraflures et des plaies ouvertes. Leurs vêtements, autrefois nets, étaient maintenant déchirés et souillés.

John, son front couvert de sueur et de sang, avait une lèvre fendue d'où perlaient quelques gouttes écarlates. Son œil gauche, à moitié fermé à cause d'un coup bien placé de Malik, le faisait souffrir à chaque mouvement.

Malik, de son côté, n'était pas en meilleure forme. Une coupure profonde sur sa joue droite saignait abondamment, gouttant sur son torse. Sa respiration était sifflante, un signe qu'un des coups de John avait peut-être touché un organe interne.

Mais malgré la douleur, malgré la fatigue, leurs yeux ne montraient aucune intention de céder. Il y avait une détermination féroce, une volonté de fer qui brillait dans leurs regards. C'était plus qu'un simple combat physique. C'était un affrontement de volontés, un test de résilience et de détermination.

Les deux vétérans, poussés à leurs limites, se toisaient, cherchant une ouverture, un signe de faiblesse chez l'autre. La tension était à son comble, chacun sachant que le prochain échange pourrait être le dernier.

John, décida à cet instant de saisir le détonateur dans sa poche et de presser le bouton.

Le vent nocturne balayait le sable, créant une atmosphère encore plus surréaliste à ce duel. Le fracas des explosions lointaines, les détonations des C-4 placés par John, ajoutaient une bande-son d'apocalypse à cette scène.

Malik, profitant d'une rafale plus forte, tenta une attaque rapide, esquivant un coup de poing pour s'abattre avec toute sa force sur John. Il anticipa avec une agilité impressionnante, il esquiva sur le côté, attrapant le bras de Malik et le projetant avec force contre une des citernes en métal. Le choc fut si violent que Malik en resta étourdi pendant une seconde.

C'était l'ouverture que John attendait. Se jetant sur Malik, il le plaqua au sol, ses poings s'abattant sans relâche. Mais Malik, en bon combattant, n'était pas à sous-estimer. Il réussit à attraper un morceau de métal tranchant éparpillé par les explosions précédentes et le planta dans la cuisse de John.

John hurla de douleur et recula, libérant Malik qui se releva rapidement. Les deux hommes, blessés et haletants, étaient maintenant à égalité. Leur haine mutuelle les poussait à dépasser leurs limites.

Rose, observa cette lutte féroce, criait à son père de s'enfuir, de la rejoindre, mais ses mots se perdaient dans le vacarme des explosions et le grondement du combat.

Le duel continuait, chaque coup semblant être le dernier. Mais à mesure que les minutes passaient, il devenait clair que Malik commençait à fatiguer plus rapidement que John. Les blessures précédentes, la fatigue accumulée, tout jouait en défaveur de Malik.

Profitant de cette faiblesse, John rassembla ses dernières forces pour un assaut final. Avec un cri sauvage, il chargea Malik, le frappant avec une telle force que celui-ci fut projeté en arrière. Avant qu'il ne puisse se relever, John se précipita sur lui, le maitrisant définitivement.

Alors que le silence retombait, John, épuisé mais déterminé, se précipita vers Rose. Ensemble, ils s'éloignèrent rapidement de la base en flammes, alors que les explosions continuaient de retentir derrière eux. La victoire avait un gout amer pour John, qui, tout en tenant sa fille prête de lui, jetait un dernier regard vers la base en ruine.

Alors que le soleil commençait à illuminer l'horizon, John et Rose, encore couvert de poussière et de sueur, s'éloignaient à toute vitesse à bord du 4x4 trouvé. Les explosions précédentes avaient créé un vacarme assourdissant, mais maintenant, tout ce qu'ils entendaient était le rugissement du moteur et le crissement des pneus sur le sable.

Rose, les yeux encore rougis et le visage pâle, se blottissait contre son père. La fatigue et le stress de ces dernières heures étaient visibles sur son visage.

« Est-ce que c'est vraiment fini, papa ? », demanda t'elle d'une voix tremblante.

John gardant les yeux rivés sur la route devant lui, répondit d'une voix douce mais ferme :

« Pour l'instant, oui. Mais Malik avait des connexions partout. Nous devons être prudents. »

Après quelques heures de route, ils atteignirent un petit village isolé, niché entre deux montagnes. John décida qu'ils s'arrêteraient là pour la journée, le temps de reprendre des forces et d'établir un plan pour la suite.

Ils trouvèrent une auberge discrète, où ils louèrent une chambre pour se reposer. John, toujours méfiant, inspecta la pièce pour s'assurer qu'ils étaient en sécurité avant de soigner leurs blesser. Tandis que le calme s'installait, une question demeurait dans l'esprit de John :

« Et maintenant ? »

Mais pour l'instant, il se contenta de serrer sa fille dans ses bras, reconnaissant de l'avoir sauvée des griffes de Malik.

9

Le Souffle de la Liberté

Une auberge discrète, dont la façade en pierres vieillies par le temps dégageait un charme authentique, se dressait comme un havre de paix au milieu de l'aridité du désert. Les lumières chaleureuses de l'intérieur, évoquant un cocon protecteur, filtraient à travers les fenêtres, promettant réconfort et sécurité.

Le doux bruissement d'une vieille radio diffusant une mélodie locale ajoutait à l'atmosphère, tandis que le parfum alléchant d'un repas mijotant envahissait l'air, éveillant en eux des souvenirs d'un temps plus simple.

En pénétrant dans l'auberge, ils furent enveloppés par la douce chaleur d'une cheminée crépitante.

La lumière dansait sur les murs, créant des ombres apaisantes. La propriétaire, une femme aux cheveux grisonnants attachés en chignon, les examina avec un regard qui semblait lire en eux, avant de leur offrir un sourire qui transmettait à la fois bienveillance et compréhension.

« Vous ressemblez à des gens qui ont parcouru un long chemin », déclara-t-elle avec une voix douce, en leur tendant la clé d'une chambre qui promettait un repos bien mérité.

La chambre, modeste mais empreinte de confort, offrait un refuge chaleureux. Des coussins brodés ajoutaient une touche de couleur sur le lit à l'ancienne, et un tapis aux motifs géométriques apportait chaleur et texture au sol de terre battue. Une légère brise, entrant par la fenêtre entrouverte, faisait danser les rideaux blancs, apportant avec elle les sons lointains de la vie nocturne du désert.

Rose, épuisée mais apaisée par l'atmosphère réconfortante, s'effondra sur le lit. Ses yeux, lourds de fatigue mais brillant d'une lueur d'espoir, se fermèrent doucement.

« Papa, je pense que je n'ai jamais autant apprécié un lit de toute ma vie », murmura-t-elle avec un sourire épuisé.

John, s'asseyant à côté d'elle, l'observa un moment, son regard trahissant un mélange de soulagement et d'inquiétude. Il écarta doucement une mèche de cheveux de son front et lui répondit d'une voix rassurante :

« Dors, ma chérie. Je veillerai sur toi. Rien ne pourra nous séparer. »

Dans le silence de la chambre, les battements de leurs cœurs semblaient être en harmonie, un rappel silencieux de leur lien indissoluble.

Tandis que Rose s'endormait paisiblement, John restait éveillé, ses yeux balayant la pièce, captant chaque ombre projetée par la lueur vacillante de la lune. Le murmure des grillons à l'extérieur se mêlait à sa respiration mesurée, le berçant dans un sommeil léger. Cependant, ce moment de tranquillité fut brutalement interrompu à l'aube.

Des bruits sourds et réguliers de pas dans le couloir se faisaient entendre, rompant le calme nocturne. John, instantanément alerte, se glissa silencieusement de son lit et s'approcha de la porte, ses sens aiguisés par des années d'expérience militaire. À travers l'entrebâillement, il aperçut des silhouettes menaçantes se déplaçant avec coordination, leurs voix graves échangeant des instructions en un murmure. L'un d'eux, tenant fermement une photo de John, confirma leurs intentions hostiles.

Faisant un signe discret à Rose, lui intimant de rester silencieuse, ils s'échappèrent par la fenêtre, se glissant avec précaution dans la fraîcheur de l'aube. Leur descente, bien que silencieuse, n'échappa pas à l'attention de quelques gardes. La course-poursuite qui s'ensuivit dans les ruelles tortueuses de la ville était un mélange de tension et d'adrénaline. À chaque virage, chaque intersection, le danger guettait, transformant la ville en un échiquier géant où chaque mouvement était crucial.

John, malgré ses blessures, manœuvrait avec une agilité surprenante, utilisant chaque recoin, chaque niche des bâtiments pour semer leurs poursuivants. Leurs pas résonnaient sur les pavés, écho de leur lutte pour la survie.

Lorsqu'ils se trouvèrent enfin hors de danger, cachés dans une ruelle étroite, les murs de briques usés par le temps les enveloppant comme une étreinte protectrice, John et Rose prirent un moment pour reprendre leur souffle. Rose, les yeux brillants d'admiration et de reconnaissance, fixait son père, voyant en lui non seulement un protecteur mais aussi un héros.

John, le souffle coupé par l'effort, restait vigilant, ses yeux balayant rapidement leur environnement à la recherche de tout signe de danger. Leur position précaire dans la ruelle leur offrait un abri temporaire, mais ils savaient qu'ils étaient loin d'être en sécurité.

Avec un signe de tête, John prit la main de Rose et ils s'éloignèrent à toute vitesse. Leurs pas résonnaient sur les pavés usés de la médina, mélangeant leur hâte avec les échos d'une ville qui s'éveillait lentement.

Après une demi-heure d'une course effrénée à travers les ruelles sinueuses, ils trouvèrent refuge dans un petit atelier de tapis. L'odeur de laine ancienne et de teintures naturelles emplissait l'espace confiné. Le propriétaire, un vieil homme aux yeux malicieux, leur fit un signe complice et les cacha sous une pile de tapis aux motifs complexes, leur chaleur et leur poids offrant un réconfort inattendu.

Une fois sûrs de ne plus être poursuivis, ils reprirent la route, chaque pas les plongeant dans les teintes dorées de l'aube naissante. La lumière matinale dessinait des ombres allongées sur les murs de la médina, transformant chaque coin en un possible abri ou une menace cachée. Ils marchaient côte à côte, le silence entre eux ponctué de regards qui en disaient long sur leur connexion indéfectible.

Les événements de la nuit dernière pesaient sur eux comme un voile, mêlant la peur et la détermination. Chaque pas les rapprochait de la liberté mais également du danger. John scrutait les alentours avec une vigilance accrue, analysant chaque mouvement, chaque bruit suspect.

La complicité entre le père et sa fille était plus forte que jamais. Chaque geste, chaque regard échangé était un rappel de leur lien indissoluble, forgé dans l'adversité. Ils avaient survécu à l'inimaginable, et même si la route vers la sécurité était encore longue et incertaine, la présence de l'autre était une source inépuisable de force.

Alors que le paysage défilait sous eux, un patchwork de couleurs et de formes se dessinant à l'horizon, John posa une main protectrice sur l'épaule de Rose. Leurs regards se croisèrent, un mélange de fatigue et d'espoir se reflétant dans leurs yeux. Un sourire, rempli de soulagement et de reconnaissance mutuelle, se dessina doucement sur leurs visages, éclairés par la lumière dorée du lever du soleil.

Les épreuves qu'ils avaient traversées avaient tissé entre eux un lien indéfectible, plus profond et résilient. Chaque danger partagé, chaque moment de peur, chaque geste de protection avait construit une confiance et une compréhension qui dépassaient les mots.

Le voyage de retour promettait d'être long, des heures de vol à contempler le monde sous un angle nouveau. Mais le plus difficile était indéniablement derrière eux. Ils avaient retrouvé leur liberté, arrachée à l'adversité avec courage et détermination. Et à cet instant, suspendus dans le ciel éclatant d'une nouvelle aube, c'était tout ce qui importait. Leur monde était là, dans ce regard échangé, dans cette main posée avec tendresse. Ils avaient survécu, ensemble.

Epilogue

Trois mois s'étaient écoulés depuis leur évasion spectaculaire, depuis qu'ils avaient laissé derrière eux le désert périlleux pour s'installer dans une petite ville côtière, un havre de paix où la mer se dressait comme un gardien tranquille. La mélodie apaisante des vagues et l'immensité rassurante de l'horizon offraient un contraste saisissant avec les jours sombres et tumultueux qu'ils avaient vécus.

Rose, désormais élève dans une école locale, avait lentement surmonté les ombres de sa captivité. Les premiers jours avaient été marqués par des nuits agitées et des regards méfiants, mais peu à peu, les cauchemars s'étaient estompés, laissant place à des rires partagés avec de nouveaux amis et à des projets d'un avenir prometteur. Dans ses yeux, une étincelle de détermination avait remplacé la peur - elle apprenait le self-défense, un choix symbolique de sa nouvelle force.

John, quant à lui, avait trouvé refuge dans un petit atelier de réparation, où chaque outil et chaque pièce mécanique étaient une pièce de son puzzle de guérison. Les habitants, charmés par sa gentillesse et son savoir-faire, lui avaient offert une communauté, un sentiment d'appartenance qu'il n'avait pas ressenti depuis longtemps.

Le soir venu, John et Rose se retrouvaient pour partager leur journée. Autour de la table du dîner, ils échangeaient des histoires et des sourires, un rire facile brisant les barrières du passé. C'était dans ces moments, dans la simplicité de leur quotidien, que l'amour et la gratitude brillaient le plus fort.

Leur lien, forgé dans l'adversité, était devenu une source inépuisable de force et de joie.

Un jour, alors que John s'affairait à réparer une vieille radio, un message inattendu crépita à travers les ondes :

« À l'homme et à la jeune fille qui ont échappé à la médina, votre courage et votre force sont connus de tous. La liberté a un prix, et vous l'avez payé. »

John resta un moment silencieux, absorbant la portée de ces mots. Rose, s'approchant, posa sa main dans la sienne. Ensemble, ils écoutèrent le silence suivant le message, un silence rempli de souvenirs, de défis surmontés et d'un avenir plein de promesses.

Dans le coucher de soleil qui teintait leur nouvelle maison de nuances dorées, John regarda Rose, ses yeux reflétant une fierté et un amour incommensurables.

« Nous avons survécu, ma chérie, » dit-il doucement, sa voix tremblante d'émotion.

« Et nous survivrons à tout ce qui vient. Ensemble. »

Rose se blottit contre lui, un sourire rayonnant sur ses lèvres, un sourire de celle qui avait retrouvé non seulement son père mais aussi son héros, son protecteur, son guide.

Dans cette étreinte, dans la chaleur de leur foyer, ils savaient qu'ils avaient tourné la page sur un chapitre de leur vie, prêts à écrire ensemble les lignes d'une nouvelle histoire, une histoire de renaissance, d'amour et d'espoir infini.

FIN